진한 여운,
도쿄

진한 여운,
도쿄

글·사진 이송이

harmonybook

일본에서 자주 들었던 노래와 풍경들을 다시 소중히 꺼내 볼 때면 아직도 이유 모를 눈물이 차오르는 순간이 있습니다.

[すめばみやこ 스메바미야코]
태어난 곳이 고향이 아니라 정든 곳이 고향이라는 의미

대학 시절 오사카 어학연수 당시 알게 된 일본 속담입니다. 지금 생각해보면 저에게 있어서 도쿄가 '스메바미야코' 그 자체이자, 당시의 제 전부를 담고 있는 것 같습니다. 제2의 고향인 도쿄에서, 생생하면서도 그리운 이야기를 기록한 것은 정말 행복하고 잘한 일이라고 생각합니다. 온전히 제 시선에서 바라봤었던 '도쿄' 그대로의 모습들을 보고 도쿄를 그리워하거나, 혹은 앞으로 그리워하게 될 많은 분들께서 이 책에 꼭 다녀갔으면 합니다.

아무 생각없이 버스를 타고 집에 가는 길에 일본에서 즐겨 듣던 노래가 갑자기 나온 적이 있었습니다. 그 순간마다 머릿속에 누가 동영상을 틀어 놓은 것처럼 일본에서의 추억들이 스쳐 지나가곤 합니다. 단순히 노래를 듣는 것 이상의 의미와 차마 말로는 형용할 수가 없는 것. 이 책도 누군가에게는 아무 생각도, 이유도 없이 그저 행복한 웃음과 추억을 줄 수 있는 그런 노래 같은 책이 되어주었으면 하는 작은 소망을 빌어 보곤 합니다.

Contents

3장 Tokyo pictures

1장

In Korea

끌리는 데 이유가 어디 있어

일본어를 처음으로 공부하게 됐을 때, 고등학생 1학년이었다. 문득, 영어가 아닌 다른 외국어 하나쯤은 할 수 있어야지 좀 더 멋진 삶을 살 수 있을 것만 같았다. 정말 갑자기였다. 그렇게 마음먹은 날, 학교를 마치고 집으로 바로 뛰어갔다.

"엄마! 나 일본어 할래!"
"응? 갑자기 무슨 바람이 나서 일본어래?"
"그냥!"

엄마는 왜 많고 많은 외국어 중에, 중국어도 아닌 일본어인지 의아해했다. 이유는 간단했다.

'그냥!'

무언가에 끌리게 되고 좋아하는 데 이유는 없다고 생각한다. 그냥 내머릿속에서 '좋다'라는 생각이 생긴 것이고 그 생각 자체는 이유가 되기도 한다. 그렇게 나와 일본이란 나라의 인연은 시작되었다. 솔직히 학생때 우등생에 속하는 편은 아니었다. 그 당시 교실 학생들 모두 국어, 영어, 수학을 외치고 있을 때, 나 혼자 아이우에오카키쿠케코 (*한국의 가나다라마바사와 같은 일본어 문자)를 외치고 있었다. 쉬는 시간은 물론이고 제일 중요한 수업 시간에도, 내가 하루에 정해 놓은 단어 할당량을 다 외우지 못하면 누가 혼내는 것도 아닌데 괜히 불안하였다. 처음이었다. 나와 한 약속을 지키기 위해 이렇게나 열심히 했던 적은. 지금 생각해 보면 누가 시키지도 않았는데 그렇게 미친 듯이 내가 암기를 할 수 있었다는 것이 신기하기도 하였고 그때니깐 가능했던 일인 것 같다.

하루에 단어 100개.

하교할 때쯤 되면 거리의 간판들, 친구들의 수다들이 전부 머릿속에서 무의식중에 일본어로 번역하고 있었고 모르는 단어가 있으면 그 자리에서 바로 찾고 메모하기를 반복했었다. 조금 과장해서 일본어란 종목에 미쳐 있었던 것 같다. 그렇게 일본어를 공부하던 와중 같은 고등학교에 재학 중인 희진이라는 친구도 일본어에 관심이 있다는 걸 알게 되었고 같은 동네에 있는 일본어 학원에 다니게 되었다. 희진이와 나는 평소에 일본어 실력을 높인다는 이유 하나로 한국어가 아닌 일본어로 자주 얘기했었다. 문법이나 단어가 틀려도 상관없었다. 틀려 봤자 우리만 알고 있으니까. 우리의 근거 없는 당당한 자신감을 만들어준 역할을 해주기도 했다. 희진이는 고등학교 졸업 후 1년 더 한국에서 공부한 후에 도쿄에 있는 유명한 메이크업 학교에 입학하게 되었고, 나는 중학교 3학년 때부터 꿈이었던 항공과에 입학하게 되었다. 서로 다른 각자의 위치에서 지내며, '일본'이라는 연은 그대로 남겨둔 채 4년 뒤인 23살. 우리는 도쿄에서 다시 만나게 된다.

시선 집중이 죽기보다 무서웠던 내가 동아리 회장?

대학교에 입학 후 일본어 동아리에 들어가게 되었다. 외국어가 당연시 여겨지는 항공과 특성상 90% 이상이 우리 학과 학생들로 이루어져 있었다. 첫 일본어 동아리 시간에 교수님께서는 현재 일본어 자격증을 가지고 있는 사람이 있는지 물었고, 당시 선배님들을 포함해서 나는 일본어 자격증 중 가장 높은 자격증을 가지고 있는 학생이었다. 당연하듯 나는 일본어 동아리에 들어가게 되었고 운 좋게 회장직까지 맡게 되었다. 대학생 1학년 때는 교수님의 추천으로 전국 일본어 스피치 대회에 나가게 되었고 참가자 중 유일하게 일본어과가 아니었지만, 수상도 하게 되었다. 대회에 처음 참가하는 나는 5분밖에 되지 않는 원고임에도 썼다 지우기를 수없이 반복했다.

셀 수 없이 수많은 눈동자 앞에서 자신의 이야기를 홀로 발표하고 심사를 받는 일.

지금 생각해봐도 너무나 가슴 떨리는 순간이었다. 전국 일본어 스피치 대회 외에도 오사카 어학연수, 일본 문화 교류 등 수많은 기회를 얻을 수 있었고 기회가 왔을 때, 그 순간을 잡을 수 있는 용기와 타이밍도 꽤 중요하다는 것을 알게 되었다. 일본어 교수님이신 서진환 교수님과 사이토 교수님께서 주셨던 수많은 기회 덕분에 좀 더 넓고 도전적인 시각으로

일본이란 나라를 바라볼 수 있게 되었고, 마냥 꿈이었던 것들을 실제로 실현할 수 있는 용기와 확신을 얻게 되는 소중한 계기가 되었다.

'처음 해보는 것들임에도 용기 내서 도전할 수 있는 힘을 만들어준 곳.'

일본어 동아리 '하나'를 한 문장으로 정의했을 때 가장 먼저 떠오르는 문장이다. 살다 보면 두려운 일들도 용기 내어 나아가야 할 순간이 분명히 있을 것이다. 도전할 수 있도록 시동을 걸어주는 원동력은 무엇일까. 나를 움직이게 하는 에너지는 무엇일지 생각해보는 것도 중요한 것 같다.

어쩌면 그 에너지가 평생의 내 미래까지도 좌지우지할 수도 있기에.

엄마의 사랑과 비례했던 반찬

2019년 2월, 남들 다한다는 휴학 한 번 없이 대학교를 졸업하였다. 졸업식을 끝으로 정확히 2주 뒤에 일본으로 출국하게 되었다. 자취도 해본 적 없는 내가, 그것도 일본에서 회사 생활이라니. 설렘 반, 두려움 반이었는데 설렘이 좀 더 큰 여행 같았다. 나에게 있어 자취는 너무나도 동경의 대상이었다.남들은 최대한 집에 있어라, 집 나오면 개고생이다. 라고 흔히 말했지만, 독립생활을 경험해보지 못한 그 당시의 나에게는 그저 잔소리처럼 느껴졌다. 일본에서 타지 생활함으로써 혼자 있는 시간이 외로워 미쳐버릴 만큼, 너무 외로워서 울다 잠드는 그 상황까지도 모두 즐길 준비가 되어있었다. 내가 세웠던 일본에서의 계획들은 혼자 세계여행을 준비하는 사람만큼이나 설렜고, 나름 비장하기까지 했다. 출국 날이 되었다. 당일까지도 이상하리만큼 전혀 실감이 나지 않았다. 양손 가득 엄마의 걱정과 사랑이 비례하는 음식들을 들고 김해공항으로 출발했다. 적막한 공기로 가득 찼던 조용한 차 안. 길고 조용한 정적 속이었지만, 앞 좌석에 앉아있는 뒷모습만 봐도 엄마의 눈시울이 붉어지는 것만큼은 확실히 알 수 있었다.

"엄마, 잠깐! 내가 뭐 죽으러 가는 것도 아니고 회사 생활 잘~하다가 3년 뒤쯤엔 경력 쌓고 돌아올 건데 분위기 왜 이런데!"

경상도 여자가 할 수 있는 최대치의 애교 섞인 말투로 마지막 인사를 남기고 도쿄행 비행에 탑승했다. 19년도 봄이 오기 직전의 겨울, 따스한 봄을 앞둔 23살의 나에게 낯설고 서툴지라도, 설렘 가득한 날들이 시작된다.

2장

In Tokyo

인생 첫 자취를 도쿄에서?

　일본 취직이 생각보다 빨리 결정 나게 되어 일본 현지에서 취업비자를 발급받는 것으로 하고 일본입국 시에는 관광비자로 들어가게 되었다. 사전에 예상은 했지만 크게 두가지 난관이 있었다.

　첫 번째 난관.
　취업비자가 발급되기까지는 최소 1~2개월이 걸리는 데 관광비자를 가지고 있는 나로서는 일반 집 계약이 되지 않았다. 그래서 한인 타워 근처에 있는 게스트하우스에 3개월 동안 임시로 계약하게 되었고, 혼자 있는 시간을 꽤 중요시했기에 월세는 비쌌지만 1인실에 입주하게 되었다. 가족 이외에 누군가와 같이 생활해 본 적이 없었던 나에게 게스트하우스란 생각보다 불편한 점이 많았었다. 공용 세탁기를 사용해야 하는데 세탁만 하고 나면 오히려 옷에 먼지나 머리카락이 붙는 등 세탁전보다 옷과 수건들이 더러워지는 것이었다. 하루는 세탁한 옷에 고춧가루까지 묻어 나는 걸 보고 그날 이후부터는 10분 거리에 있는 세탁방까지 가야 했다. 물론 같은 건물에 살고 계신 집주인님께도 말씀드렸지만, 공용 세탁기라서 어쩔 수 없다는 답변만이 돌아왔다.

　두 번째 난관.

  1, 2, 3층은 남녀 공용 실이었는데 공용화장실 문을 활짝 열고 볼일을 보시는 분들도 꽤 많았었다.

  너무 놀라 당황해하는 나를 보고도 태연히 마저 볼일을 보시던 분들. 4층에 살았던 나는 어쩔 수 없이 외출할 때마다 믿고 싶지 않은 아찔한 상황들에 마주해야만 했다. 그렇게 한 달째였을까. 역시 사람은 적응의 동물이란 걸 다시 한번 느끼게 되었다. 어느 새부터 점점 활짝 열려 있는 화장실 문과 그 안에 계시는 분들의 얼굴을 외울 만큼 그곳에 적응이 되어갔다.

  '출국 기간이 좀 늦어지더라도 제대로 집을 구해 올걸…'

  조금 후회되기도 했지만 이미 일은 벌어졌으니 지금 이 상황을 즐길 수밖에!

도쿄 타워랑 하이 파이브 쳤던 출근길

첫 회사 출근 날, 긴장이 안 되었다면 거짓말이다. 미용실, 키즈카페, 고 깃집, 일본어 과외 등등 꽤 다양한 아르바이트 경력을 가지고 있는 나였 지만 역시나 회사 첫 출근은 나를 긴장시켰다.

"딩동~"

　회사 일 층에 도착하여 벨을 누른 후, 쭈뼛거리며 회사에 들어갔다. 재일교포이신 부 팀장님께서 환한 얼굴로 맞이해 주셨고, 학교 교수님과 본적이 있어서 더욱더 반가운 사장님께서 맑게 웃으시면서 반겨주었다. 첫인상은 무서워 보이지만 누구보다 따뜻하신 한 상무님도 인자한 미소로 인사해 주셨다. 외국회사에서의 첫 출근으로 왠지 모를 긴장감을 가지고 있던 나에게는 따뜻한 회사 분위기만으로도 훨씬 긴장감이 없어졌다. 외국인 노동자 타이틀을 가지고 있는 나에게 왠지 모를 든든한 소속

감이 생긴 것 같아 마음속 깊이까지 든든했다.

"일본 회사에 다니면서 가장 좋았던 순간이 있나요?"

한국에 귀국 후, 주위 사람에게 종종 들었던 질문이다.

"좋은 직원들과 가족 같은 회사 분위기 등 여러 가지가 있지만, 제일 좋았던 순간은 도쿄 타워를 보면서 회사에 출퇴근할 때입니다."

도쿄 최고관광지이자 어쩌면 동경하기까지 했던 도쿄 타워를 보는 행위 자체만으로도 쌓였던 피로감이 없어졌었고 어떻게 보면 회사원에게 가장 힘든 출퇴근 시간을 가장 기분 좋은 순간으로 만들어 까지 했다. 퇴근 후, 한국에 있는 가족들과 친구들이 보고 싶을 때마다 도쿄 타워가 잘 보이는 공원에 앉아 한국에서 찍었던 사진이나 동영상들을 보다 집에 돌아가곤 했다. 한국에서의 나는 항상 친구들과 놀기 바빴고, 집에 있는 시간도 거의 없었던 것 같다. 타지에서의 지독한 외로움을 안겨준 도쿄가 있었기에 이제는 한국에서 외로움이 찾아왔을 때, 어떻게하면 이겨 낼 수 있는지 알게 되었다. 코로나가 종식되어 다시 일본에 갈 수 있다면, 도쿄 타워가 가장 잘 보이는 그때 그 자리에 앉아 외로운 일본생활을 했던 나와 다시 한번 제대로 마주해보고 싶다.

집밥을 그리워하던 나에게 부대찌개란

한국인의 매운맛을 좋아하셨던 부팀장님이셨다. 우리는 회사 점심 메뉴를 정할 때, 항상 어제저녁과 겹치지 않는 메뉴를 골랐었다. 점심시간 10분 전, 회사 컴퓨터의 카카오톡이 울렸다.

"송이 씨! 오늘 점심은 뭐로 할까?"
"음, 팀장님 어제저녁엔 뭐 드셨어요?"
"나 어제 오랜만에 칼칼한 부대찌개 먹었어!"
"그럼 오늘은 빵 종류 먹을까요? 근데 팀장님은 부대찌개 정말 자주 드시네요!"
"다음에 송이 씨 초대할 테니깐 우리 집 와서 같이 저녁 먹자!"

그렇게 팀장님의 집에 처음으로 초대되었다. 우리 집에서는 1시간 30분 정도의 거리로 꽤 멀었지만, 부대찌개란 단어 하나만 생각하며 전철에 몸을 실었다. 팀장님의 안내에 따라 집에 도착하니 문 입구에서부터 한국에서만 맡아 볼 수 있었던 반가운 부대찌개 향이 가득 풍겼다. 한인타운의 한식가게에서 먹는 음식이 아닌 너무나도 오랜만에 먹어보는 가정식 밥이었다. 주위에 혼자 사는 친구들이 왜 그렇게 집밥을 그리워했는지 한 번에 이해가 됐다. 팀장님께서는 알코올을 못 드셨기에 무알코

올 맥주로 첫 건배를 한 후, 걸신 들린 사람 마냥 부대찌개를 먹기 시작했다. 나는 항상 맛있는 음식을 먹을 때마다 맛있는 정도에 비례해 화가 났다. 미간을 잔뜩 찌푸리며 팀장님께 소리쳤다.

"아니, 팀장님 이거 왜 이렇게 맛있어요!!!"

팀장님께서 한국의 매운맛을 제대로 느끼게 해주었다는 뿌듯한 미소를 지어 보이셨다. 너무나도 그립고 또 그리웠던 맛이었다. 팀장님과 최근 고민을 이야기하면서 든든한 저녁 시간을 마무리했고, 오랜만에 편의점 도시락이 아닌 밥심으로 가득 찬 배를 두드리며 집으로 돌아갔다.

부팀장님!
다시 만나게 될 때는 제가 매운 한식을 꼭 만들어 드리겠습니다!
항상 친언니처럼 잘 챙겨 주셔서 너무 감사했습니다 :)

혼술의 달인이 되다

일본에서 혼자 알코올을 맛보기까지는 꽤 용기가 필요했다. 금요일 저녁 퇴근 후는 다음 날 알람 소리 따윈 가뿐히 무시하고, 달콤한 늦잠을 잘 수 있었기에 없던 용기도 무조건 만들었어야 했다.

'일본은 혼밥 혼술의 문화가 잘 되어 있으니 어디 한번 도전해보자!'

퇴근 후, 너무나도 가고 싶었지만 선뜻 들어가기엔 망설여졌던 동네 이자카야 앞으로 무작정 발걸음을 옮겼다. 평소 같았으면 문틈 사이로 가게 안에 손님이 얼마나 있는지, 가게 분위기는 어떤지부터 확인했을 것이다. 외국인이 별로 없었던 조용한 동네에서 여자 외국인이 혼자 와서 "토리아에즈 나마비르 쿠다사이! (*우선 맥주부터 주세요!)"를 외치기엔 주위 시선을 먼저 신경 썼었던 소심한 나였다. 그러나 오늘만큼은 무조건 해볼 것이다. 해보기로 마음먹기도 했고, 앞으로 얼마나 더 길어질지도 모르는 외국 생활이기에 '처음이 어렵지 어디 한번 해보자!'라는 용기가 조금씩 생기게 되었고, 나도 모르게 스스로를 다독이고 용기를 심어주게 되었다.

"딸랑딸랑"

"이랏샤이마세! (*어서 오세요!)"

 큰 종들이 가득 달린 미닫이문을 열자마자, 엄청난 경력이 있어 보이는 주방장님께서 인사를 크게 외쳤고 나머지 직원분들이 주방장님을 따라 다시 한번 인사를 해 주셨다. 외국인이 거의 없는 작은 동네 술집이었기에 누가 봐도 일본인처럼 보이지 않는 나에게 시선 집중이 되는 게 피부로 느껴질 만큼 쉽게 알아차릴 수가 있었다. 여러 눈동자들과 눈 마주침이 있고 난 뒤, 애써 아무렇지도 않은 척 메뉴판으로 시선을 옮겼다. 사실은 너무나도 오고 싶었던 곳이라 예전부터 인터넷으로 메뉴 조사를 다 끝냈지만 신중하게 고민하는 모습을 충분히 보여준 후 주문을 이어 나갔다. 테이블에 있는 1인석 자리에 앉아 안주를 저녁 삼아 먹으며 한국에서 찍었던 동영상을 보며, 회사에서 못 했던 업무를 하며, 주말에는 어떤 하루를 보낼지 계획하며 그렇게 그날 하루도 얼큰하게 마무리하였다.

 늘 처음이 어렵다.
 나에게는 내심 큰 용기가 필요했던 혼밥 혼술이란 도전을 해보고 나니 두 번째, 세 번째, 수십 번째 할 땐 너무나도 익숙하게 행동하게 된다. 첫 시도만 용기 내서 하면 뭐든지 다 할 수 있을 것이란 나와의 믿음도 생기게 되었다. 어느 순간부터 단골집이 된 이자카야에서는 처음처럼 큰 인사는 아니었지만, 사장님의 보이지 않는 마음의 인사를 알 수가 있었다. '왔어? 오늘 일 수고했어! 배고프지? 뭐 먹을래?'
 이제는 익숙해진 큰 종들이 울리는 가게에 들어갈 때, 말하지 않아도

정이 가득 담긴 사장님의 눈빛을 느낄 수 있었다.

"그렇다면 일본 생활 중, 가장 그리웠던 순간은 언제인가요?"
두 번째로 많이 듣는 단골 질문이다.
"너무나도 평범한 퇴근 후에 제 아지트 단골 술집에서 안주를 친구 삼아 술 한잔 기울이던 순간이요."

일본에서 한국으로 완전히 귀국하게 된다면 일주일 정도 내가 좋아했던 곳들을 다니며, 가게 분위기를 눈, 코, 입, 그리고 귀에 소중히 담아 오는 게 목표였다.
하지만 코로나로 인한 일본의 긴급비상사태는 생각보다 오래가게 되었고 귀국하게 되는 당일날까지도 가게들은 아예 영업할 수가 없었다. 귀국 짐들을 가득 들고 공항으로 향했던 마지막 순간까지도 굳게 닫혀 있는 단골집들을 보니 괜스레 마음 한구석이 아려왔다. 가게들이 다시 영업할 때까지 마냥 기다리고 싶었지만, 기다림조차 하지 못하고 귀국 해야 했던 내 상황을 피하고만 싶었다. 떨어지지 않는 발걸음을 재촉하기도 싫었고 최대한 천천히 눈에 가득 담아가고 싶다는 생각만 들었다.

혼술, 혼밥의 달인으로 만들어준 도쿄.
새로운 도전을 피하지 않고 제대로 진하게 즐기게 해준 도쿄.
혼자 하는 것을 두려워했던 사람에게 강한 자립심을 길러주었던 도쿄.
외롭다고 느껴지는 시간을 온전히 나만을 위해 사용하는 방법을 알려준 도쿄.

　도쿄행 하늘길이 열리게 된다면 친정집 같은 나만의 아지트들을 후회 없을 만큼 만끽하고 올 것이다.

존재 자체가 힘이 되는 사람

"너한테는 장기이식 해 줄 수 있을 것 같아."

조금 극단적인 화법이긴 하지만 이 친구에게만큼은 흔쾌히 장기이식을 해 줄 수 있을 것 같다. "대학교 들어가서 사귄 친구는 오래가지 못한다, 학교 다닐 때뿐이다."라는 얘기를 적잖이 들었다. 그런 얘기나 고정관념을 완전히 깨 준 친구였기에 미리가 일본에 온다는 것은 소중한 기다림 그 자체였다. 단순히 놀러 올 친구가 생겨서 기쁜 것이 아닌, 내가 정말 그리워하고 소중하다고 생각하는 그런 존재였기에 기다리는 순간조차 너무 행복했다. 일본으로 출국할 날이 얼마 남지 않았을 때부터 친구들과 만나면 별거 아닌 사소한 것도 모두 촬영하는 버릇이 생겼었다. 한국이 그립다고 느껴질 때마다 찍어 두었던 동영상을 보곤 했는데 동영상을 보고 미소 짓는 내 시선의 끝엔 항상 이 친구가 있었다. 일본의 골든위크 휴일 당시 한국에 갔다 돌아오는 날에 미리도 같은 날, 4시간 좀 더 늦은 비행기로 일본에 도착하는 일정이었다. 먼저 일본 집에 도착해 서둘러 짐 정리를 한 후, 혼자 여행은 처음인 미리를 마중 나가기 위해 다시 공항으로 향했다.

나는 지인을 데리러 공항에 갈 때가 가장 즐거웠다. 온전히 나에게만

의지하며 그 자리에서 기다려 주는 일. 큰 책임감을 요구하기도 하지만 그 책임감은 묘하게 나를 긴장시키기도, 웃게 만들기도 한다. 겉으론 뭐든지 다 해낼 수 있을 것 같은 강한 친구처럼 보이지만 사실 혼자 하는 걸 불안해할 때도 있는 친구인 걸 알기에, 혼자 일본행 비행기에 탑승해 준 것부터가 굉장히 큰 감동이었다. 성인이 되고 나서 내가 소주잔을 기울이는 순간 대부분이 이 친구였었기에 일본에서의 5박 6일 동안의 여행도 예외는 아니었다. 한인타운이 있는 신오쿠보역은 존재 자체만으로도 답답했던 나의 숨통을 뚫리게 해 주는 데에 충분한 역할을 해 주었다. 술을 사랑하는 우리에게 소주 한 병이 만 원대인 점은 매우 사악하게 느껴졌지만, 노미호다이(*정해진 술과 음료수 종류를 무제한으로 마실 수 있는 시스템)시스템이 있는 가게에 간다면 문제될 건 없었다. 미리에게도 한국에 없는 노미호다이 시스템을 알려주며 나의 일본 술 라이프에 합류시켰다.

　미리가 일본에 있을 때, 일본 추억들에 관한 에세이를 써보겠다고 말한 적이 있었다. 그 뒤부터 언제 자기 이야기를 쓰냐며 흥미로운 표정으로 물어보곤 했었다. 너무나도 평범한 일상의 내용들이기에 어쩌면 지루해 버릴지도 모르겠다는 생각도 들었지만, 그 평범한 내용의 주인공이 이 친구였기에 좀 더 신중하게 아끼고 다루면서 알게 된 사실이 있다. 나는 지극히 평범하게 흘러갔던 시간이 고팠었구나. 참 많이도 간절했구나. 그 간절했던 순간의 가장 안쪽에 있었던 사람이 미리였구나. 미리가 일본을 떠나기 하루 전날, 우리는 시부야의 카페에서 서로에게 편지를

써 주기로 했었다. 나는 장난 반 진심 반이 담긴 내용의 편지를 써주었고 미리는 나를 진심으로 걱정하고 아껴주는 내용이 담긴 편지였다. 편지는 서로 교환만 한 채, 서로가 떠나고 나면 다시 꺼내 읽어 보기로 했다. 나중에 알게 된 사실이지만, 공항에서 헤어지고 난 뒤, 미리는 내가 준 편지를 보며 한참을 울었다고 했다.

"미리야, 그때 나랑 헤어지는 게 슬퍼서 울었던 거야?"
"아니, 그냥 너를 일본에 두고 와야 한다는 사실이 슬퍼서 울었었어."

시간이 아무리 지났어도 미리의 그 말 한마디는 내 가슴속 깊이 숨어 있었던 눈물 버튼을 가차 없이 재작동 시켜버리곤 한다. 가족이 아닌 사람이 나를 위해, 내가 그립다는 이유 하나만으로 순수하게 울어 줄 수 있는 사람이 과연 있을까? 내가 그 눈물을 받아도 될 만큼 가치 있는 사람인 걸까?

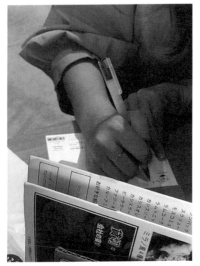

미리랑 있으면 내가 되게 좋은 사람이 된 것 같은 기분이 든다. 그냥 존재 자체만으로도 나에게 매우 큰 힘을 주곤 한다. 이 친구에게 혹시 모를 사고라도 난다면 내 장기까지도 줄 수 있을 정도이자 이제는 없어서는 안 될 그런 존재이다. 그 존재가 나에게 얼마나 중요

한지를 글로써 단정 짓기란 꽤 어려웠기에 가장 미뤘던 내용이었다. 이 목차를 마무리 짓게 됨으로써 비로소 이 책도 마무리된 것 같다.

혼자서는 서울 가는 것도 질색하지만, 도쿄엔 말보다 행동으로 단숨에 날라 와줬던 미리.

내가 좋아했던 일본의 초콜릿 푸딩을 사랑해줬던 미리.

매번 혼자 봤었던 도쿄의 야경을 같은 시선으로 함께 바라봐 줬던 미리.

보정이 너무 심했던 일본의 스티커 사진을 보며 박장대소해줬던 미리.

갑작스러운 일정에도 불평 하나 없이 웃으며 믿고 따라와 줬던 미리.

일본어를 몰라 동공 지진이 와도 내 일본 친구들과 소통하려 노력해줬던 미리.

조금 버거웠던 여행 계획으로 지하철에서 쪽잠을 자더라도 미소 지어줬던 미리.

손바닥만 한 바퀴벌레와 쥐가 나왔던 가부키초의 이자카야에서도 있는 그대로의 분위기를 즐겨준 미리.

미리가 아니었다면 계속 혼자만의 추억만 있었을 뻔했던 단골 식당에서 여행 마지막 날 점심을 같이 즐겨준 미리.

미리야. 나랑 같은 시간, 같은 세월 속에서 함께 늙어가 줘서 고마워!

공동묘지 뷰를 보며 살 수 있으신가요?

낯선 나라에서 같은 국적의 사람을 만나게 되면 자신도 모르게 무심코 안도해 버리는 경우가 있다. 일본 생활 3개월째쯤에 일어나게 된 일이다. 일본회사에서 일하면서 전화 업무로 해결이 안 되는 부분이 있을 때는 회사 담당 에이전트에 직접 방문할 때도 있었다. 사투리가 많이 섞인 담당자분과 이야기할 때는 내가 놓치는 부분이 조금이라도 있을 수 있었고 업무에 바로 연결되는 중요한 사항들이 많았기에 항상 긴장을 잔뜩 하고 있어야 했다. 그런 긴장의 연속인 일상을 보내다 드디어 취업 비자가 나오게 되었다. 취업 비자가 나왔으니 정식 집 계약을 하기 위해 한인타운 쪽 부동산에서 집을 알아보게 되었다. 매일 일본 분들과 긴장 속에서 일하다가 오랜만에 한국인 부동산 사장님과 얘기하게 되었다. 모든 회사가 그런 건 아니지만 내가 그동안 미팅해왔던 일본회사들은 한국에 비하면 턱없이 느린 업무 처리방식을 가지고 있지만, 그만큼 꼼꼼하고 섬세하다는 장단점을 가지고 있었다. 한국인 중에서도 급한 성격을 가지고 있는 나였기에 그런 일본회사에 알게 모르게 꽤 지쳐 있었던 것 같다. 그래서 인지 부동산 아저씨의 한국식 빨리빨리 일 처리방식이 시원하게 느껴져 괜스레 마음이 놓이고 의지했던 것 같다.

당시 회사 쪽이 도쿄 23 구내에서도 땅값이 비싸기로 유명한 곳이라서

회사 근처는 바라지도 않았는데 너무 좋은 가격에 방이 나온 게 있다고 안내해 주셔서 직접 방을 보러 가게 되었다. 주차장을 한참 돌아가야 나오는 입구를 지나고 난 후, 공사장 현장에서나 볼 법한 위태로운 계단들을 고개 숙여 지나갔다. 방 안에 들어가자 비싼 동네로 유명한 이곳에 어떻게 이 가격으로 입주가 가능한지 한 번에 이해가 되었다. 현관인지 방인지 구분도 안 되는 방에는 환기를 할 수 있는 유일한 큰 창문이 있었는데, 그 유일한 창문이 공동묘지 뷰였다.

회사에서 거리가 좀 있어도 괜찮으니 다른 방은 없냐는 질문에 창문만 안 열면 괜찮다, 이 가격에 이런 곳은 없다, 기가 약하지 않으면 괜찮다는 답변만 돌아왔다. 한국의 경우에는 기가 세야지, 귀신이 잘 보인다고 하지만 일본은 반대로 기가 약한 사람에게 귀신이 잘 보인다고 한다. 한국에 있을 때부터 워낙 가위에 잘 눌렸기에 이곳에서 생활하게 되면 안 보이던 귀신도 보이게 될 것 같았다. 사장님께 다른 방이 없으면 일단 생각해보겠다고 말씀드리자 그때부터 사장님의 태도는 급속도로 변하셨다. "돈이 없으면 이런 것쯤은 견뎌야지, 시간만 낭비했네." 라며 화를 내셨고 결국엔 투덜거리시면서 돌아가셨다. 과연 사장님 가족이 지내야 할 방이었어도 공동묘지 뷰인 곳을 소개해 주셨을까? 라는 찜찜한 의문을 가진 채 오랜만에 한국인을 만나 그저 즐거워했던 내 자신이 바보처럼 느껴지기까지 했다.

고장 난 세탁기를 새것이라고 판매해놓고 고장 났다고 연락드리니 환불해줄 테니 왕복 차비와 자신의 인건비를 추가로 내놓으라고 소리 질렀던 한국인. 이사센터를 이용할 때 처음에 말한 금액보다 2배로 다른데도 발뺌하며, 당장 돈을 주지 않으면 짐을 못 내려준다고 말했던 한국인. 한국에서도 해본 적 없는 첫 이사를 일본에서 하게 되면서 너무나도 좋아하는 한인타운이지만 속상하게도 조심해야 할 사항이 늘어났다. 처음 만난 한국 사람은 여권상으로만 같은 국적일 뿐 내 편, 내 사람이 아니니 함부로 긴장의 끈을 놓지 말 것.

도쿄라서 참 다행이었던 23번째 생일

일본에서 보내는 첫 생일에는 두려움이 섞여 있었다. 한국에서의 생일날과는 달리 처음으로 외로이 생일을 보낼 것 같은 예감이 들었기 때문이다. '좋아, 올해 생일은 외롭지만 혼술 하면서 멋지게 자축해 보겠어!'라는 마음가짐을 가지고 있으면서도 한편으로는 애써 그날을 외면하고 있었다.

결론부터 말하자면 예상과 달리 일본에서의 23번째 생일은 너무나 소중하고 행복한 날로 마무리되었다. 생일 당일에 출근하자, 부팀장님께서 생일을 축하해 주셨고 뒤이어 사장님께서 귀여운 케이크를 가지고 출근하셨다. 유명한 맛집 전문가이신 사장님께서 중요한 기념일마다 즐겨 가시는 케이크 집에서 포장해 왔다고 하셨다.

"와 이거 뭐지? 이거 뭔가요!! 너무 맛있어요!!"

역시는 역시였다. 비주얼과 맛은 비례한다는 사실을 혀에 있는 온갖 미각으로 다시 한번 느끼게 되었다.

퇴근 시간이 되기 10분 전부터 심장이 쿵쾅거리는 게 느껴졌다.

"땅~"

    6시가 되자마자 히로미상(사장님의 와이프 분), 부팀장님, 사장님과 함께 회사 근처 T.Y.HARBOR라는 유명 레스토랑으로 발걸음을 옮겼다. 이제는 가족 같은 회사 식구들과 함께 화려한 불빛이 강물에 비치는 레스토랑에서 생일파티라니. 잊을 수 없는 소중한 저녁 식사를 마치고 근처에 있는 사장님 집에서 2차를 하기로 했다. 강물 속 반짝거리는 빛들을 배경으로 내가 소중하다고 생각하는 사람들이 서 있었는데 평소였으면 아무런 생각이 들지 않았을 장면들이 그 당시에는 분위기에 취한 나머지, 사소한 것에도 의미부여 했던 것 같다. 사장님 부부와 팀장님이 얘기하며 서 있던 장면들도 꼭 나를 위한 포즈를 짓고 있는 듯한 느낌이었

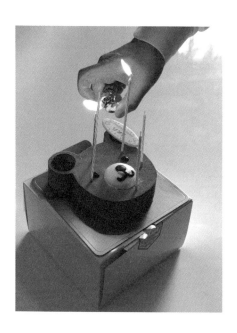

다. 마음으로 새길 수 있는 사진기가 있다면 그날의 장면을 꼭 오래도록
남겨놓고 싶었다.

우리는 서로 예쁜 건물이 나오면 앞에 서보라고 얘기하며 한 명이 포즈
를 취하면 나머지 3명이 무릎 꿇는 일도 마다하지 않고 열정적으로 사진
을 찍어주었다. 집까지 10분 걸리는 거리를 40분 동안 모두 사진 기사가
되어 촬영하며 간 걸 보니 서로 말하진 않았어도 모든 순간 하나하나 놓
치기 아쉬워했던 것 같다. 사장님 부부는 장난을 치다가도 활짝 웃으며

서로 사진을 찍어주었는데 그 장면이 너무 예뻐 감히 내가 대체할 수 있는 단어가 있을까 싶을 정도였다. 그저 액자 같은 장면들을 넣 놓고 마음껏 바라볼 수 있음에 감사했다.

개구쟁이 모습으로 장난치고 박수치는 장면들 사이로 서로를 배려하는 모습이 녹아있는 게 보이는 너무나도 예쁜 순간들이었다. 그날의 분위기 때문인 건지, 너무나도 예뻤던 사장님 부부의 모습 때문인지, 그날 이후로 나도 만약 결혼하게 된다면 사장님 부부 같은 결혼생활을 하고 싶다는 생각이 마음 한구석 깊이 자리 잡게 되었다. 그렇게 사진 열정을 잠시 뒤로한 채, 사장님 집에 도착하였고 히로미상이 서프라이즈로 준비해주신 딸기 케이크와 함께 2차 생일파티를 시작하게 되었다.

와인, 사케, 위스키 등 다양한 종류의 술들이 많았는데 사장님께서는

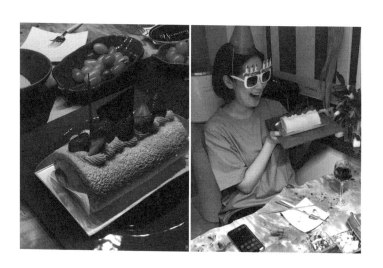

내가 소주를 특히 좋아하는 것을 알기에 한국 소주만큼은 항상 준비해주셨다. 그렇게 한잔 두잔 먹다 보니 얼큰하게 취한 채로 화장실 세면대에서 깊은 한숨을 쉬고 있는 나를 발견하게 되었다. 세면대 거울을 바라보며 절대로 취한 모습을 보이지 않고 집에 돌아가자는 목표를 나 자신과 비밀리에 다짐하였고, 다행히도 만취 상태를 들키지 않고 귀가하면서 생일날은 마무리되었다. 걱정했던 것이 무색할 정도로 타지에서의 완벽하고 행복한 23번째 생일은 무사히 지나갔다. 한국에서의 나였다면 '익숙함'이란 존재를 너무나 당연하게 생각해 주위의 소중함을 미처 몰랐을 것이다. 평소의 나였다면 느끼지 못했을 여러 감정과 생각들을 심어준 사장님 부부께 다시 한번 감사의 인사를 드리고 싶다.

한다면 하는 그녀이기에

중학교 1학년 때 책상 앞뒤 자리로 앉게 된 순간부터 지금까지 13년을 알고 지낸 친구가 있다.

"민경이는 매사에 진심이고 뭐든지 철저해."

라는 이야기가 나오면 모두 고개를 끄덕임으로써 그 말에 동의했다.

"송아 나 일본 놀러 갈게."

"진짜? 제발 와줘! 언제 오게?"

"잠시만 기다려봐."

카톡으로 전송된 항공권을 보고 다시 한번 생각하였다. 민경이는 자기가 확신 가는 일이라면 수천 가지 말보다 행동으로 보여주는 친구였다.

일본 생활 5개월 차.

어느 정도 적응되기도 했지만, 그냥 친구가 아닌 내가 마음 놓고 이야기를 풀어나갈 수 있는, 나를 가장 잘 아는 친구와의 시간이 필요했다. 지도가 있어도 길치인 나와는 정반대로 인간 내비게이션인 친구였기에 혼자 온다는 소식이 크게 걱정으로 이어지지는 않았다.

그렇게 민경이가 드디어 오게 되었다. 계획을 워낙 철저히 준비하는 친구였기에 맛집부터 시작해 이동 경로까지, 그리고 혹시 모를 상황에 대비한 B플랜, C플랜까지도 완벽히 준비한 친구였다. 한국에 있을 때도 워낙 맛집이나 카페 등을 잘 알기도 했고 자주 다녔기에 우리의 계획이 실패했던 적은 거의 드물었다. 그래서인지 나도 모르게 민경이에게 많이 의지하고 있었던 것 같다.

'그래, 일본 여행에서만큼은 민경이가 나에게 의지할 수 있도록 하겠어!'

하지만 민경이는 내가 생각한 것보다 훨씬 정보력이 강한 친구였다. 어쩌면 도쿄에 사는 나보다도 숨은 맛집, 속히 말해 아는 사람들만 간다는 그런 현지인 맛집들을 너무나 잘 알고 있었고, 우리의 계획들은 순조롭게 이어지고 있었다. 한국 본가에 있었을 때는 "집밥의 소중함"이란 단어조차 이해하지 못할 정도로 밖에서 먹는 음식을 참 많이도 좋아했다. 그랬던 내가 일본 특유의 달콤한 맛이 나는 김치가 아닌 엄마의 매운 김치 맛이 땡길 줄이야. 결국 한국인의 피를 못 속인 내가 전화로 엄마에게 말했었다.

"엄마가 만든 닭볶음탕이 너무 생각나!"
"민경이 곧 일본에 놀러 가지 않아? 엄마가 민경이한테 부탁해서 음식 보낼 테니 같이 먹어."
"아니야, 짧게 여행하러 오는 것도 아니라서 캐리어가 이미 짐으로 가득 찼을 거야. 게다가 음식이라서 내가 더 불안해."

"엄마가 꽁꽁 얼려서 여러 겹 포장할 테니 그건 걱정 안 해도 될 거야."

"아니야, 내가 다음에 한국 가서 많이 먹을게. 그때 꼭 해줘. 이번엔 진짜 괜찮아!!"

물건이나 화장품이 아닌 빨간 국물이 있는 음식이었기에 아무리 꽁꽁 얼린다 하더라도 혹시나 캐리어 안에서 조금이라도 새어버린다면 민경이의 6박 7일 동안의 짐들은 대참사가 될 것이었다. 사실 엄마의 손맛이 담긴 음식이 너무나 간절하고 그리웠던 건 사실이었지만 국내도 아니고 먼 길을 오는데 괜히 추가 짐이 생기는 것 같기에 엄마의 마음을 알면서도 거절하였다. 비록 애교 따위 전혀 없는 무뚝뚝한 경상도 딸이지만, 엄마의 음식이 그립다는 말속에 엄마도 그립고 보고 싶다는 말을 숨겨서 표현했다고 생각했다. 그런 딸을 둔 엄마는 서운한 내색을 감추지 못했지만, 그래도 혹시 모를 상황이 발생할 수도 있었기에 최대한 피해 안가는 상황을 만드는 게 내가 마음이 편했었다. 그렇게 민경이가 우리 집에 먼저 도착하였고 나는 퇴근 후, 바로 민경이를 만나게 되었다. 집 근처 이자카야에서 일본에서의 첫 하루를 기념한 뒤 집에 가서 2차를 이어가기로 하였다. 집에 도착하자 민경이는 굉장히 비밀스럽고 어색하게 냉동실에서 무언가를 주섬주섬 숨기며 꺼내기 시작했다. 처음에는 형체 모를 비닐 덩어리였기에 갸우뚱거리기 바빴었다. 그러다가 설마?? 가 설마!!로 바뀌기 시작했고 역시나 예상이 맞아떨어졌다.

엄마는 내가 집밥을 먹고 싶어 하는 게 계속 신경이 쓰였는지 나한테는 비밀로 하고 민경이에게 따로 부탁한 것이다.

다행히 음식이 새는 등의 최악의 상황은 벌어지지 않았지만, 내가 뭐라고 집밥이 먹고 싶다는 그 한마디에, 정성스레 준비해준 엄마와 본인 집으로도 넘쳐가는 캐리어에 담아 와 음식을 차려준 민경이를 보니 민망할 정도로 둘에게 미안해졌다. 내 생일날이 얼마 남지 않았기에 생일상이랍시고 민경이가 엄마 표 닭볶음탕을 준비해주었다. 그렇게 우린 2차 술자리를 이어 나가기 전, 엄마에게 영상 통화를 걸었다. 왜 몰래 부탁했냐고 괜히 투정 부리긴 했지만, 나의 숨길 수 없는 내적웃음을 보았는지 우린 다 같이 웃기 시작했다. 한도 없는 엄마의 과분한 사랑에 어쩔 줄 모르면서도 과연 나도 가족에게 이렇게까지 끝없는 사랑과 정성을 줄 수 있을까 하는 생각도 들기 시작했다. 말로 표현하기가 쑥스럽고 낯설게 느껴져 지금까지도 정식으로 그날에 대해 고마웠다고 말한 적이 없다.

'엄마! 민경아! 힘든 내색 없이 당연한 일처럼 해줘서 고마웠어. 덕분에 타지에서 내가 제일 좋아하는 음식을 가장 좋아하는 사람과 함께 먹을 수 있었어. 항상 미안하고 고마워.'

민경이가 돌아가고 나서 쓸쓸하리만큼 허전한 텅 빈 집에 누워 생각에 잠겼었다. 언제부터인지도 모르겠지만 지인들이 일본에 온다는 얘기를 들으면 100%가 아닌 1,000% 만족시켜 보내야 한다는 생각이 강박처럼 너무 강하게 자리 잡고 있었다.

'이번 여행은 성공일까, 실패일까."

민경이에게는 행복으로만 1000% 가득 찬 여행이기를 바랬기에. 그런 나의 물음에 민경이는 당연한 듯이 미소 지으며 나를 만나러 오는 김에 여행을 온 거지, 여행을 오기 위해 일본에 온 것이 아니라고 했다.

'성공이면 어떻고 실패면 어때! 어떤 상황이든 간에 우리가 즐기면 그

만인데, 그게 중요해?'

　친구보다 친언니의 느낌이 더 강한 예쁘고 착한 내 친구 민경아,

　항상 나를 지지해주는 강한 버팀목이 되어줘서 고마워.

　나보다 더 진심으로 도쿄를 사랑해줘서 고마워.

　진실된 표정으로 나란 존재를 이해해주고 같은 위치의 인생 친구가 아닌 몇 발자국 나보다 먼저 가본 인생 선배처럼 조언해줘서 고마워.

　우리 건강 관리 잘해서 늙어서도 서로에게 소중한 버팀목이 되어주자 :)

올림픽에 지게차 종목이 있었다면 금메달 땄을 겁니다

우리 집에는 애교를 담당하시는 분이 계신다. 그분은 아무리 거센 태풍이 와도 비바람을 뚫고 일하러 가셨기에 우리 가족은 한 번도 마음 편하게 가족 여행을 가본 적이 없다. 여행을 가더라도 거래처에서 연락이 올까 봐 항상 휴대전화를 손에 꼭 쥐고 계셨다. 여름휴가 때는 계곡에서 물놀이하다 가도 일 관련 전화가 오면 손에 묻은 물기 정도는 툭툭 털어버리고 일하러 가셨다가, 다시 돌아와 아무렇지 않게 물놀이를 즐기시곤 했다. 그만큼 본인의 일에 항상 최선을 다하셨고, 진심이었다. 일을 생각하는 마음의 크기는 세상 누구보다 제일 존경했지만, 가족이자 딸의 입장에선 일 년에 많아 봤자 한두 번 올까 말까 한 여행인데 하루만이라도 일 생각 없이 마음 편하게 쉬는 건 안 될까?'라는 생각도 있었다. 하지만 아빠의 답변은 한결같이 단호했다. 일이니까. 이 한마디면 일을 너무나 사랑하는 아빠인 걸 알기에 그 누구도 반박하지 못하였고 이해하였다. 머리로는 백 번이고 천 번이고 이해하지만 그래도 마음 한편에 남아 있는 서운함은 어쩔 수가 없었다. 그래서 우리 가족의 여행지는 항상 아빠 사무실 근처였다.

"나는 여행 싫어한다."
"나 빼고 너희끼리 갔다 온 나."

"나는 일할 때가 제일 마음이 편하다."

를 로봇처럼 외치던 분인 걸 너무나도 잘 알았기에 아빠가 일본 여행을 마음먹은 것은 정말 큰 결심을 한 것이었다.

2박 3일. 아빠의 첫 해외여행이자 인생 최장기간의 여행이 시작되었다. 부모님 둘이서는 첫 해외여행이었기에 걱정되는 마음에 서둘러 공항으로 마중 나갔다.

'모든 준비는 완벽하고 내가 세웠던 계획대로만 하면 문제가 될 건 없을 거야.'

완벽하다는 말은 함부로 하면 안 되는 것을 깨달았다. 언제 어디서나 예외는 발생하기 마련인데.

도쿄의 나리타 공항에는 도착지가 두 군데 있는데 서로 길이 엇갈렸었다. 보이스톡 너머로 들려오는 엄마의 초조한 목소리를 가라앉히는 방법은 최대한 빨리 뛰어가 얼굴을 마주하는 방법밖엔 없었다. 멀리서 울상인 표정으로 캐리어를 꽉 쥔 채, 두리번거리고 있는 반가운 얼굴들이 보였다. 불과 몇 년 전만 하더라도 부모님이 나를 챙기고 돌보는 입장이었지만, 이젠 완전히 역할이 바뀌었음을 확연히 느끼게 되었다. 내가 부모님의 보호자가 된다는 것. 평생을 부모님의 따뜻한 울타리 속에서 살았기에 지금의 내가 있을 수 있었고 아직은 많이 부족하지만, 보호자 역할이 바뀐다는 것은 꽤 강한 책임감이 있어야지만 해낼 수 있는 일이다.

처음 먹어본 생고등어 초밥을 먹고 놀란 엄마.

여행 내내 엄마의 가방을 메고 다닌 해병대 출신이자 경상도 사나이 아빠.

드디어 자연 속에 둘러싸인 노천탕에 오게 됐다고 아이처럼 기뻐하는 엄마.

지나가는 일본 사람들에게 자꾸만 한국말로 열심히 말을 걸었던 아빠.

내가 사는 동네 밥집, 술집 이야기를 들어준 엄마.

한국어가 아닌 일본어로 덮여 있는 거리가 마냥 신기했던 아빠.

혼자 있을 때는 시간이 너무나 느린 것처럼 느껴졌는데 부모님이 계셨던 2박 3일은 누군가 시간을 조작한 것 마냥 빠르게 흘러갔다. 일본에서

의 마지막 날 점심은 회사 식구들과 다 같이 점심을 먹는 일정이었다. 사실 여행 오기 전부터 아빠는 간단한 일본어를 알려 달라고 하셨고 약속한 시간 전에 주머니 속에 고이 접어 두었던 메모를 꺼내셨다. 메모에는 일본어 인사 및 처음 만난 분들께 할 수 있는 일본어 문장이 한국어로 가득 적혀 있었고 긴장하신 탓에 기억이 안 나셨는지 갑자기 볼펜을 꺼내 손바닥에 적기 시작하셨다. 그런 아빠의 모습을 보고 엄마도 무언가 준비해야겠다는 생각이 드셨는지 갑자기 두 분 모두 손바닥 한가득 일본어 인사를 적어 나가셨다.

　그렇게 회사 식구들과 화기애애한 점심 식사가 시작되었고 준비해온

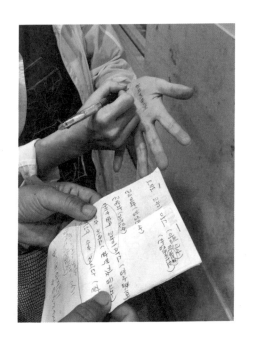

대사를 남들 몰래 손바닥을 커닝하며 얘기해 주셨다. 아빠의 귀여운 일본어 실력은 식사 도중 손바닥에 뭐가 묻었다고 알려주신 사장님의 말로 허무하게 들키게 되었다. 우리 회사에서 당시 2020 도쿄올림픽을 준비하고 있었는데 올림픽 관련 이야기를 하던 와중 아빠가 너무나 진지한 표정으로 말하셨다.

"올림픽 종목에 지게차가 있다면 저는 금메달입니다!"

뜬금없지만, 포부 넘치는 아빠의 고백에 다들 놀라기도 했지만 추후 사장님께서는 굉장히 감동받았다고 하셨다.

"송이야, 본인이 오랫동안 해왔던 일을 아버님처럼 자신 있게 말할 수 있는 사람이 얼마나 될까. 나도 30년 넘게 이 분야에서 사업을 하고 있지만 아버님처럼 남들 앞에서 당당히 내 일에 대해 말할 수 없었을 것이야. 그만큼 일을 정말 사랑하고 자신의 직업에 자신 있어 하는 게 보이셔서 너무 멋지게 느껴졌단다. 특히 올림픽 종목에 지게차가 있다면 금메달이란 멘트는 나도 어디 가서 사용하고 싶어질 정도였단다."

나는 그 당시에 회사 식구들이 다 계신 자리에서 4차원인 아빠의 갑작스러운 발언이라고만 생각했었지만, 사장님 말씀을 듣고 보니 평생을 지게차 일하시면서 자기의 직업 프라이드가 그만큼 높은 것은 꼭 본받아야겠다는 다짐을 하게 되었다. 한여름 밤의 꿈만 같았던 2박 3일이 지나고 우리 가족은 각자 일상으로 돌아갔다. 말로는 재미없었다, 빨리 집에 가서 일하고 싶다고 하셨지만, 표정으로는 세상 제일 행복했고 뜻깊은 시간이었다고 알려준 아빠를 보니 아빠는 정말로 일이 좋았던 걸까, 아니면 즐겨야 할 이유가 있었기에 즐긴 것일까. 좀 더 먼 미래에 아빠를 떠올렸을 때 항상 어딘가로 사라지는 아빠의 뒷모습 대신 아빠와 함께 행복한 기억을 공유하는 일들이 더 많아졌으면 한다.

심정지를 맛본 아찔했던 응급실

한국에서 나름 술쟁이었던 내가, 아무리 외로운 타지에 있다 해도 술 한 잔 기울일 수 있는 친구는 존재하고 있었다. 그날의 흐릿흐릿한 기억은 아직도 머릿속에 남아있지만, 한편으로는 기억 속에서 영구삭제하고 싶은 날이기도 하다. 일본에서 만난 한국인 여자 친구와 그 친구의 대학 동생까지 셋이서 오랜만에 한인타운에서 술 약속이 있었다. 집에서 한인타운까지는 전철로 한 시간 정도로 꽤 거리가 있었기 때문에 술을 먹고 다시 집까지 오는 걸 생각하면 어느 정도 비장함을 장착하고 가야 하는 약속이기도 했다. 너무나도 오랜만인 한국 음식, 소주, 친구들의 조합에 정신 못 차리고 그날을 즐기기 시작했다. 그 당시 마블 영화의 타노스가 한창 유행했었다. 소주를 한 병씩 비울 때마다 동생 손가락에 소주병 뚜껑을 반지처럼 끼워주면서 타노스 장갑이라며 깔깔대고 웃으며 놀았다. 정말 신났었다.

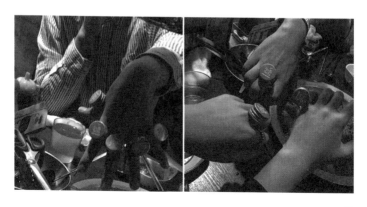

많이 신났었나 보다. 어느 순간 눈을 뜨니 어딘지 모를 병원의 화장실이었다. 나는 분명 친구들과 한인타운에서 단골이었던 술집에서 얘기하고 있었는데 겨우 정신을 차려보니 한쪽 손에는 붕대와 함께 링거가 꽂혀 있었고 화장실 문 너머로 간호사가 애타게 부르는 목소리가 들렸다.

"환자분, 이제는 정말로 나오셔야 합니다. 제가 도와드릴까요?"

놀란 마음을 부여잡을 새도 없이 정신없이 바로 화장실 문을 열고 나갔다. 화장실 밖에는 같이 술을 마셨던 친구와 동생이 멍하니 앉아있었다. 친구의 자초지종을 들어보니 술을 먹다가 갑자기 쓰러졌고 가게 직원분이 이건 구급차 불러야 할 것 같다고 해서 구급차를 타고 응급실로 가고 있었는데, 구급차 안에서 잠깐 숨을 쉬지 않아서 심장 제세동기를 사용했다고 한다. 그리고 보니 옷 안에 제세동기를 사용한 흔적으로 보이는 살색 스티커와 플라스틱 같은 게 마구 붙여져 있었다.

'망했다…. 어쨌든 살아있으니 된 거겠지?'

됐긴 뭘 돼. 링거를 다 맞은 후, 접수처에서 비용을 지불하고 가라는 간호사의 안내에 따라 청구서를 확인했다. 지금까진 몸이 아팠으니 이제는 지갑이 아플 시간이었다. 일반병원도 아닌 응급실을 외국인 신분으로 당당히 온 덕분에 병원비 폭탄을 제대로 맞은 뒤 퇴원하였다. 병원에서는 3~4시간 정도 있었고, 다들 넋이 빠져 있었다. 그러다 다 같이 눈이 마주

치자 실성한 듯이 웃음이 나왔다. 놀란 마음이 진정되고 나니 급격히 배가 고파져 왔다. 이 와중에 배꼽시계가 정확한 게 짜증 나고 어이없기도 했지만, 해장하고 헤어지자는 제안에 근처 라멘 집에서 아침을 먹은 뒤 각자 집으로 돌아가게 되었다.

그 사건 당시 친언니에게만 응급실에 가게 되었고, 심정지도 있었다고 말하였는데 어쩌다 보니 부모님도 알게 되었다. 부모님께서 내가 쓰러지게 된 이유가 술 때문이란 걸 알게 되는 순간, 다시는 알코올을 입에도 못 댈 것 같았다. 철없는 생각이란걸 알면서도 그 당시엔 갑자기 이유 없이 쓰러졌다고만 하였다.

연말에 한국에 잠시 가게 되었을 때 온갖 정밀검사란 검사는 다 받게 되었고 부모님의 걱정을 한 몸에 받게 되었다. 23살 먹고 이렇게 부모님을 걱정시키는 게 맞는 일인가 죄송스러운 마음이 드는 한편, 부모님께는 정말 죄송하지만 나만 아는 이 사실을 무덤까지 가지고 가야겠다는 생각이 들었다. 이 책이 나오게 되면 그날의 진실을 알게 될 수도 있지만,

"엄마 아빠, 사실 나 이유 없이 그냥 쓰러진 게 아니라 술 때문이었어! 미안해, 용서해, 사랑해."

꽤 쌀쌀했던 한인타운에서의 그날, 너무나 놀랐을 친구와 처음이자 마지막으로 봤던 친구의 동생에게 이 자리를 빌려 다시 한번 사과드립니다.

일본에서 통한 술쟁이의 영업비결

회사에서 나의 주된 업무는 견적 내기, 회사 내 전화 업무, 일본 관광 관련 자료 만들기, 계약서 통번역, 다른 에이전트영업 등이 있었다. 사장님께서 젊으셨을땐, 하루에 정해 놓은 명함을 다른 회사에 다 돌리고 오지 못하면 야근하고 나오시는 분들이라도 붙잡아 명함을 다 돌리고 오실 정도로 열정이 강하신 분이셨다. 어른 중에서도 더 어른 같은 분이셨고, 대화를 이어 나갈 땐 사장님 특유의 재치 있는 말투와 부드러운 성격이 돋보이셨다. 입사 초반에는 단체 계약을 따와야 하는 회사에 사장님과 둘이서 영업을 다녔다. 가끔 사투리를 너무 섞어 쓰시는 분과 대화할 땐 난감한 순간도 꽤 많았지만, 표정으로는 '저는 다 알아듣고 있으니 더 자세히 얘기해주세요!'라는 표정을 지어 보였다. 3년 동안 항공과에 다니며 연습했던 경련 없는 미소도 꽤 도움이 되었다. 사장님의 도움 없이도 대화를 끌어내는 것에 적응되고 나서부터는 일주일에 한두 번씩 혼자 외근 나가기 시작했다.

내 인생의 첫 직장이 일본인을 상대로 계약 따오는 일을 하리라고 불과 몇 달 전의 나는 상상도 못 했을 것이다. 평소에 말솜씨가 좋다는 얘기는 들어 본 적도 없었기에 괜히 나로 인해 회사에 피해 가는 일이 발생하진 않을까 하는 걱정도 물론 있었다. 그렇게 꾸준히 영업 가게 되면서 내 나이 또래로 보이는 한국 담당자 직원인 미나상이랑 친해지게 되었다. 미나상은 한국 담당을 맡기 전부터 한국을 좋아해서 한인타운이 있는 신오쿠보역에도 자주 가서 한국 음식을 먹었다고 했다. 정말 감사하게도 우리는 술을 좋아한다는 공통점이 있었고, 미나상이 아직 한국의 소맥을 먹어본 적이 없다는 사실 또한 알게 되었다. 우리는 누가 먼저라 할 것 없이 바로 첫 소맥 파티 날짜를 정하고 회사 일이 끝난 후, 한인타운에서 만나기로 했다. 사장님께 미나상이랑 회사가 아닌 밖에서 약속이 잡혔다고 이야기하자,

"꼭 좋은 만남이 되어 앞으로 계약도 잘 부탁드린다고 전해주고 이건 회사 업무의 연장이기도 하니 회사 카드로 맛있는 거 많이 먹고 오거라!"
"네! 한국의 소맥이 뭔지 보여주고 오겠습니다!"

그렇게 약속 날 미나상에게 최대한 자세히 한국의 소맥 제조과정을 가르쳐주고 그날 이후로도 우리는 종종 퇴근 후 만나게 되면서 세상 둘도 없는 술친구가 되었다. 회사 업무를 통해 만난 사이인 만큼 사적으로 따로 만나는 시간에도 항상 예의를 지켜야 한다는 사장님의 당부에 긴장의 끈을 놓지 않은 채 만남을 유지하였지만, 우리의 긴장의 끈이 사라지게 된 사건은 생각보다 오래가지 않아 생기게 되었다. 여느 때와 같이 한인타운 쪽에 만나 놀았고, 헤어질 때쯤엔 업무 때문이 아닌 사람 대 사람으로 친해지게 되면서 서로 언니 동생 하는 사이까지 발전되었다. 조금 취하기도 한 날이었지만 나름 집에 잘 돌아갔다고 생각했다. 다음날 출근

해서 아침 업무를 보고 있는데 미나상의 다급한 연락이 울렸다.

사건의 시작은 이러했다. 그 날밤 미나상이 정신 차려보니 환승해야 할 정거장보다 훨씬 더 지난 곳에 있었는데, 가방이 통째로 없어졌다고 했다. 그리고 나서의 기억은 휴대전화를 꼭 쥔 채, 집 방바닥에 누워있는 본인을 발견했다고 한다. 아침부터 사무실에서 미나상의 연락을 받자마자 왠지 모르게 동지를 만났다는 생각에 웃음부터 났지만, 우선은 가방을 찾는 게 먼저였다. 우리가 헤어지게 된 역부터 미나상의 집까지 예상되는 경로의 개찰구에 연락을 해보았는데, 누군가 가방을 역사무소에 맡겨

줌으로써 다행히 그날의 사건은 마무리되었다. 미나상은 이런 적이 처음이 아니었는지 익숙하면서 멋쩍은 웃음을 지어 보였다. 이 사건을 계기로 미나상이랑 더욱더 친해지게 되면서 견적서를 작성할 때 우리 회사에 불리한 조건이 있거나 우선으로 적용하는 점들도 몰래 알려주곤 했다. 그러다 대형단체 견적서를 작성할 기회가 있었는데, 당시 노노재팬의 영향으로 사장님까지도 굉장히 심혈을 기울일 정도로 견적서 하나하나가 소중했던 시기였다. 결론부터 말하자면 큰 단체 계약을 우리 회사 쪽에서 맡게 됨으로써 해피엔딩으로 마무리가 되었다. 내가 직접 영업 나간 곳에서 작은 규모도 아닌 큰 규모의 단체 계약이 성사된다는 것은 참 다양한 감정을 동시에 느끼게 해준 신기한 초능력 같았다.

　계약을 따와야 하는 회사에 들어가는 것조차 거절당해 속상할지라도 아무렇지 않아 해야 했던 날들. 생판 처음 보는 사람들 앞에 서서 머리를 숙이는 일. 물론 여기까지 오면서 여러 사건·사고들도 잦았었다. 그럴 때마다 나의 행동과 업무능력, 어쩌면 나 자신까지 부정당하는 느낌이 들었을 때도 있었다. 이번 계약으로 그동안 내가 해왔던 모든 일들이 마냥 헛수고만은 아니었고, 노력의 결실이 드디어 이루어졌다는 생각에 그저 모든 게 감사했다. 문전박대당할지라도 포기하지 않고 기다렸다가 명함이라도, 하다못해 우리 회사 이름이라도 알리고 올 줄 아는 24살의 패기와 용기를 이렇게 배운 것 같기도 하다.

　그동안 '나는 원래 부끄러움이 많은 사람이니까 괜찮아.'라고 스스로를 그런 사람이라고 저주해왔던 건 아닐까. 내가 살아가고 있는 세상에 비하면 턱없이 작은 내 생각 속에 스스로를 가두고 못난 인격체로 만들어 왔던 건 아닐까. 조금이라도 감당하기 힘든 일이 있으면 나 때문이 아닌 주위 환경 때문이라고 회피하며 문제의 화살표를 돌리곤 했다. 어떻게 보면 당연히 나 자신을 가장 잘 안다고 생각했지만, 현실은 나 자신을 제일 몰랐던 것 같다. 그저 부끄러움이 많기에 쉽게 포기해왔었다고 믿고 있었던 지난날들이 너무 후회될 만큼 새로운 나 자신을 발견하게 된 순간이기도 하다.

진한 여운, 도쿄

한국에 가는 건 행복하지만

고등학생 때 일본어 공부를 같이했었던 희진이는 나보다 2년 일찍 일본 생활을 시작하였다. 학교 방학이거나 골든위크 시즌이 되면 한국에서 일주일 넘게 있다가 다시 일본으로 돌아가곤 했다. 아무런 생각 없이 지나다녔었던 마트 앞 횡단보도를 그리워했고, 버스에 타서 다른 곳으로 이동할 땐 한참을 버스 밖 풍경에서 눈을 떼지 못하며 이유 모를 미소를 지어 보이곤 했다. 지금에서야 그때를 생각해보면 가끔 놀러 오던 희진이가 왜 그렇게 버스에서 창밖만 봤는지 이해가 된다.

일본 회사생활 하면서 한국에 갈 수 있는 기회는 골든위크와 연말 휴가 딱 두 번뿐이었다. 골든위크 휴가 당시 처음으로 한국에 갔었을 때는 다소 짧은 기간일지라도 최대한 많은 사람을 만나고 오는 것을 목표로 해서 갔다. 그리웠던 사람들을 만나 같은 공간, 같은 공기 속에 있는 것 자체만으로도 힘이 되었고, 시간이 멈췄으면 하는 말도 안 되는 소원도 괜히 빌어 보기도 했다. 두 번째인 연말 휴가에 한국에 갔을 때는 사뭇 다른 느낌이었다. 여전히 내가 그리워했던 사람들, 보고 싶었던 분들이었음에도 달랐다. 행복했다. 행복했지만 언제부터인지도 모르게 머릿속 깊은 곳에선 빨리 도쿄에 돌아가고 싶다는 이중적인 생각을 하는 그런 내가 낯설게 느껴지기까지 했다. 일주일 동안의 두 번째 한국 휴가가 끝나고 귀국 날, 이별을 준비하는 자세도 점점 담담해져 갔다. 일본에서는 혼자 있는 시간이 너무 많아 그런 생활에 익숙해져 있었고 그새 혼자만의 시간이 편하다고 적응된 것일지도 모른다.

　예전에는 친한 친구와 카톡으로 이야기할 땐 끊임없이 대화가 이어지는 게 느껴졌었다.

　일주일에 몇 번이고 자주 만났었던 친구들이었다. 도쿄에 가게 되자, 반년에 한 번 겨우 볼까 말까 한 거리가 되면서 서로의 소식을 카톡의 글자로만 전달하기엔 부족했었던 것이었다. 제일 마음 아팠던 건 친한 친구가 한 번도 힘들거나 괴로운 일이 없다가 하필이면 내가 곁에 없을 때 힘든 일을 겪고 있었을 때였다. 영상통화 화면 속에 비치는 슬퍼하는 모습이 낯설었던 친구. 그 순간조차도 휴대폰이란 기계의 화면으로 밖에 위로해주지 못했던 것이 너무도 속상하고 미안했다. 마음 같아 선 이미 한국행 비행기표를 들고 당장이라도 가고 싶었지만 그러지 못하는 상황 자체가 너무나 원망스럽게 느껴지기도 했다. 어느 정도 시간이 지난 지금 다시 생각해보았다. 상황이 아무리 힘들지라도 발 동동거리며 불안해하기보다 침착하게 받아들이는 방법, 일본에 적응해가는 낯선 나를 발견했을 때, 그런 나를 이해할 만큼 그때의 나는 성숙하지 못한 인간이었던 것 같다. 이렇게 또 하나 도쿄로부터 인생의 가르침을 배워간 것 같아 씁쓸하면서도 한층 더 단단해져 가는 것 같다.

깊이 있는 상처투성이가 될지라도

찝찝하리만큼 땀으로 적셔진 셔츠를 입고 뛰어다닐지라도 열정 넘쳤던 기억 속의 한 장면이 있다. 한국의 어느 방송사로부터 일본의 연금 관련으로 뉴스 취재를 진행하고 싶은데 연금 관련 단체들 미팅, 시민들 거리 인터뷰를 할 수 있는지에 대한 문의 내용이었다. 초반 견적부터 마무리 작업인 인터뷰 번역까지 처음으로 혼자서 모든 업무를 맡았던 일이었기에 실수 없이 끝까지 마무리하고 싶다는 생각이 강하게 들었었다. 사실 연금이란 단어가 20대 초반이었던 나에게는 워낙 나중의 일이라고 느껴졌고 더군다나 한국이 아닌 일본의 연금에 관한 내용이었기에 관련 정보 지식이 부족했었다. 일본의 연금 제도에 관한 공부를 우선으로 해나갔어야 했는데 생각보다 연금에도 종류가 많았으며 실행 제도 부분에 있어 한국과 다른 점이 많았다. 방송국의 질문 리스트를 통해 예상 질문과 혹시 모를 돌발 질문에 대해서도 알아보며 첫 단추를 끼웠다.

이번 취재는 총 3박 4일로 기자님 한 분, 카메라 감독님 한 분 이렇게 세 명만 동행하며 신기하리만큼 꽉 찬 일정을 진행해 나갔다. 생판 처음 보는 사람에게 마치 오랫동안 봐왔던 사람처럼 친근하게 말 한마디를 내뱉을 수 있는 성격이었다면 이번 취재가 너무나도 수월했을 것이다. 그러나 나는 막 나서서 누군가에게 말을 하는 게 서툰 사람이다. 여러 명이 함께 있을 땐 그림자처럼 남의 의견에 수용하는 편이라면 모를까, 오지랖은 더더욱 못하는 사람이었다. 그러나 다른 사람의 관점에서 나를 냉정하게 생각해보면 그건 그 사람들 알바가 아니었다. 일도 일이지만 눈 질끈 감고 나란 사람의 내면에 있는 높고 큰 계단을 넘어서야 했다. 담당자가 나 혼자밖에 없었기에 회사 식구들의 걱정 아닌 걱정도 있었지만, 이제는 혼자 맡겨도 될 만한 든든하고 믿음직스러운 존재가 되고 싶었다. 기자님이 한국어로 말하면 그 말을 번역하여 일본분께 말하고 일본 분 말씀을 기자분께 전달하며 대화를 이어 나가는 상황이었다. 그러다 보니 두 국적 사람들의 의사소통을 책임져야 하는데, 있는 그대로 전달하되 너무 나쁜 표현은 순화해야 하는 건 아닌지, 혹시나 왜곡되는 말은 없는지 강한 책임감을 느끼게 되었다. 내 소심한 성격을 신경 쓸 겨를따윈 없었고, 지금 이 현장을 최대한 빠르고 정확하게 끝내자는 생각만이 머릿속에 맴돌았다. 무사히 마지막 일정인 거리 인터뷰를 끝낸 후 돌아가는 차 안에서 문득 생각이 들었다.

'나 왜 말이 술술 잘 나왔지?'

몇 분 전의 이런 내 모습에 믿기지 않을 정도로 참 신기했다. 마치 내면에 두 가지 자아가 있는 것처럼. 나의 진짜 모습을 알고 있는 친구들이나 가족이 봤다면 꽤 놀랐을 만한 적극적이고 당찬 모습들이었다. 그동안 무조건 나에게 불리한 상황에도 아무 말 하지 못하고 넘어간 적이 다수였기에 그런 상황이 오면 무덤덤하게 '그래, 그러지 뭐', '나만 참으면 되니까.'라는 생각으로 넘겨왔었다. 그랬던 나였기에 잠시나마 소심한 성격과 정반대로 변했던 내 모습이 반가웠다. 사실 내가 원하고 바라 왔었던 그런 성격이었다. 쓴소리 못하는 나에게 익숙해져 있다 하더라도 나도 모르게 내 모습에 불만을 품고 있었던 것 같다. 성격을 바꾸어서라도 그 상황에 나를 맞춰가는 것은 힘이 들지라도 어느 정도 필요성이 있음을 느꼈다. 마지막 일정도 무사히 끝났고 다음 날이면 기자님과 카메라 감독님도 한국으로 돌아가는 날이었다. 비록 짧은 시간일지라도 3박 4일 내내 붙어 다니며 식구[食口]가 된 우리는 기자님의 제안으로 마지막 만찬을 위해 시부야의 이자카야로 가게 되었다. 다음날의 나는 곧장 헤어지지 않게 된 것을 베개를 몇 번이나 걷어차며 후회하였다. 우선 변명부터 해보자면 우리가 이번에 진행하게 된 취재나 인터뷰를 진행하면서 혼자만 힘든 게 아닌 다 같이 열심히 하며 힘든 일을 해내는 분위기였고, 취재하면서 재밌었던 썰 들이 너무 많았다. '마지막 날'이라는 단어가 주는 묘한 아쉬움과 이별의 느낌 덕분에 너무 즐거워진 것이다.

  '즐거워진 것이다.'라고 예쁘게 표현하고 싶다. 카메라 감독님과 친해져 신나게 얘기하고 있었는데 기자님께서는 이런 우리가 통제 안 되셨던 것 같다. 이야기 도중 잠깐 시선을 돌리는데 누군가 우리를 번갈아 가며 째려보는 듯한 느낌이 들어 조심히 고개를 돌려보았다. 내 시선의 끝엔 기자님의 화가 섞인 이글거리는 눈빛이 포착되었고, 얼마 안 가 우리는 이글거리는 눈빛을 끄기 위해 다급히 자리를 마무리하게 되었다. 너무 즐거워 버린 나머지 내가 간과한 것 하나. 아무리 친해졌더라도 업무 관계

는 업무 관계인 것. 보통 드라마에서 신입사원들이 신나서 술 먹는 장면을 보면 '와 다음날 진짜 회사 가기 싫겠다.'라고 생각하곤 했는데 그 장면의 주인공이 내가 될 줄이야. 그나마 마지막 날이었기에 다행이지, 그러고 난 후 또 연락해야 하는 일정이 있었으면 발에 모터 달린 것처럼 창피함을 견디지 못하고 이불 위에서 뛰어다녔을 것이다. 진정되지 않은 속을 겨우 달래며 다음날 오랜만에 회사로 출근하였다.

"그래 송아, 어제 마지막 인터뷰는 마무리 잘했어? 그동안 외근한다고 수고했다."
"네! 어제 마무리 잘하고 다같이 저녁 먹고 들어갔습니다!"

가끔은 군이 몰라도 될 사실이라면 하얀 거짓말을 해도 나쁘지 않을 것 같다는 생각이 들었다.

"아, 그리고 기자님이 그동안 인터뷰하면서 녹음했던 음성 파일들, 오늘 중으로 메일로 보내주실 거니까 오늘부터는 기자님과 연락하면서 번역 작업에만 집중해주면 될 것 같아."

끝날 때까지 끝난 것이 아니다. 원래는 방송국 내에 자막 팀이 따로 있는데, 기자님께서 현장을 계속 같이 다녔던 사람이 자료 번역을 하는 게 그 당시 분위기를 더 잘 이해하고 자연스럽게 표현해줄 것 같아 회사에 따로 부탁하셨다고 한다. 기자님과의 마지막 연락은 즐거웠던 만찬이 끝나고 집으로 돌아가는 길에 그동안 너무 수고하셨고 오늘 너무 신나게 논 것 같아 죄송하다고 보낸 카톡 내용이 마지막이었다. 그 내용을 카톡 상단에 기념이라도 하듯 남겨둔 채 다시 업무 내용으로 연락을 이어 나갔다. 그렇게 3일 내내 귀에는 이어폰만 꽂은 채 번역 작업을 이어 나가면서 마무리되었다. 살다 보면 오기로 무작정 하는 일도 있을 것이고 타인이 원인이 아닌 스스로 주체적으로 하는 일도 있을 것이다. 아마 처음으로 내 자신이 스스로 주체가 되어 자발적으로 해본 일이 아닐까 싶다.

실패하면 어때? 또 도전하면 되지. 쉽게 무너지지 말자.
완벽한 100점짜리 인생보다 많이 넘어져 상처투성이일진 몰라도 깊이 있는 60점 인생을 살아보자.

귀신이란 존재를 믿게 된 순간

[가위눌리다]

자다가 무서운 꿈에 질려 몸을 마음대로 움직이지 못하고 답답함을 느끼다.

나에게 가위눌리는 행위란, 까먹을 때쯤 불쑥 찾아오는 반갑지 않은 이벤트였다. 한국에서도 자주 가위를 눌렸던 탓에 기본적으로 몸이 움직이지 않는 정도의 가위에는 익숙해져 있었다. 일본에 와서도 피곤했던 탓인지 종종 가위에 눌렸었고 여전히 몸이 움직이지 않거나 가끔 이상한 소리가 들리는 정도였다. 유난히 몸이 힘들지도, 정신적으로 피곤하지도 않았던 그런 평범한 날이었다. 천장을 바라보는 정자세로 자고 있었는데 그날 역시 몸이 움직이지 않았다. 보통은 몸이 움직이지 않다가 어느 순간 풀리거나 지쳐 잠드는 게 대부분이었다. 이날은 조금 달랐다. 내가 누워있는 몸 라인 바로 옆을 따라 어떤 형체가 계속 빙글빙글 서서 걸어 다녔다. 그러다가 귀 쪽에 멈춰서서는 기괴한 비명을 질러댔다. 사람이 낼 수 없는 그런 엄청난 고주파의 여자 비명이었다. 그러다 또다시 내 몸 라인을 따라 돌다가 귀에서만 멈추면 비명 지르기를 수없이 반복했다. 한참을 그렇게 하다 정신을 차린 건지, 자다 깨어난 건지도 모르겠지만 어느새 아침 알람이 울리는 시간이었다.

그렇게 일주일 넘게 반복되었다. 깨어나서도 한참을 멍때리다가 출근 준비하기 시작했고 회사에 가서도 잠을 계속 못 잤기에 일도 집중되지 않았다. 제일 큰 문제는 집에 가기가 싫어졌고 잠자리에 드는 게 무서워졌다. 그 당시 친척 언니가 한인타운 쪽에서 치킨 가게를 하고 있었는데 바쁠 때는 아르바이트 삼아 종종 도와주러 갔었다. 마침 가게 회식이 있었는데 가게에서 친해진 동생과 언니에게 최근 계속 똑같은 가위에 눌리고 있어서 너무 무섭고 괴롭다고 털어놓게 됐었다.

"언니, 그러면 내일 주말이기도 하고 오늘 언니 집에 가서 귀신 체험도 해볼 겸 다 같이 자보는 건 어때? 혹시 모르잖아!"

동생은 이런 일이 걱정되기도 하지만 꽤 흥미로운 목소리와 눈빛으로 물어봤다. 사실 한인타운 쪽에서 우리 집까지는 꽤 거리가 있었기에 집까지 가는 게 미안한 마음이 들기도 했지만, 그때의 나는 너무 지쳐 있기도 했고 혹시나 하는 희망으로 다 같이 가보기로 했다.

"근데 나 요새 겨우 가위 안 눌리는데 됐는데 괜찮을까…?"

옆에서 가만히 이야기를 듣고 있던 언니가 조금 망설이는 표정으로 말했다.

언니는 한국에서부터 가위에 심하게 눌리고 귀신 관련 소름 끼치는 에피소드가 많았다. 다른 사람보다 기가 많이 약한 것을 알고 있었기에 괜히 우리 집에 왔다가 최근에 겨우 잠잠해진 잠자리가 다시 힘들어지면 어쩌란 생각도 있었지만 결국 우리는 고민 끝에 다 같이 자보기로 하였다. 집에 들어가자마자 다들 입 모아 말하였다.

"근데 집이 왜 이리 세 해?"
"우리 집도 목재 집인데 언니 집은 유난히 추운 것 같아."
"지하면 모르겠는데 이층집이 이렇게 추워?"

일본 건물 특성상 목재로 지어진 집이 많았고 한국처럼 바닥에 난방시설이 없어서 집이 추운 건 당연하다고 생각했었다. 속으로는 꽤 겁먹고 당황스러웠지만 애써 담담한 척하였다.

일본에는 주소를 입력하면 몇 연도에 어떤 사람이 어떻게 죽었는지 알 수 있는 사이트가 있다. 시험 삼아서 아르바이트하는 곳 근처 건물의 주소를 입력해봤었는데 임산부가 배 속에 아이가 있는 상태로 몇 년도 몇 월 며칠에 목매달아 죽었다는 내용의 정보가 이래도 되나 싶을 정도로 너무나 자세히 나왔다. 가위에 심하게 눌리게 된 날 이후로 우리 집 주소를 검색해서 알아보고 싶은 마음이 굴뚝같았지만, 혹시나 사건·사고라도 나오는 순간 너무 겁먹게 될 것 같기에 검색해보는 것을 망설이고 있었다. 망설여졌었던 검색을 다 같이 모인 김에 해봤었는데 다행히도 우리 집은 사고가 없던 집이었다. 혼자 있을 땐 검색해보지 못했기에 마음 속 한편에 찝찝한 숙제로 남겨져 있었던 일을 해결하고 나니 한결 마음

이 편해졌었다. 이후 방에 다 같이 누워 잠에 들게 되었고 거짓말처럼 그 날은 가위에 눌리지 않았다. 친구들이 다 가고 난 후에 혼자 잠에 들 때 도 괴로웠던 일주일처럼 심한 가위에는 눌리지 않았다. 그날 이후로 2 일 정도 지나서였다.

"띠링"

언니에게 카톡이 왔다.

"송아, 말할지 말지 고민했었는데 사실 나 너희 집에 갔다 온 뒤로 계속 가위눌리고 있어…."

등골이 오싹해짐과 동시에 괜히 나 때문에 귀신이 언니에게 가게 된 것 같아 죄책감이 들었다. 미안해서 안절부절 못 해하는 내 모습을 보고 언니는 괜히 "요새 가위 안 눌려서 심심했었는데 다행이야!"라고 말해주었다. 다행히도 얼마 되지 않아 귀신은 언니를 적당히 괴롭히다 더 이상 나타나지 않았다고 한다.

귀신 따위가 뭐가 무서워? 실제로 있긴 해? 그거 다 그 사람 머릿속 생각이나 환상이 만들어낸 현상들이야. 라고 말하는 분들이 계실 수도 있고 나 또한 그랬기에 더욱 의아했었던 날들이기도 했다. 그런데도 내 기억 속 선명한 건, 2년이 지난 지금까지도 일주일 동안의 소름 끼쳤던 그 여자의 비명은 여전히 잊혀지지 않는다.

축제에 진심인 나라

일본 특유의 그 여유로움이 좋았고 그 안에 완전히 녹아들어 있는 나를 발견했을 땐, 변해가는 내 모습이 그저 좋았다.

'이송이란 사람은 여유로울 수도 있는 사람이었구나.'
'조급해하지 않는 모습도 전혀 어색하지 않은 사람이었구나.'

그 나라와 문화 속에 녹아들면서 진짜 내 모습, 내 원래 성향은 어떤 것인지 궁금해지기도 했다. 확실하게 말할 수 있는 건, 변한 지금의 내 모습이 훨씬 마음에 든다는 점이다. 한국에서도 축제를 즐길 기회는 다분했다. 다만 사람들이 가득한 무질서 속의 장소에서 내가 과연 축제를 온전히 즐길 수 있을까 싶은 의구심이 들었기에 일본에 와서도 축제를 격하게 환영하는 편은 아니었다. 이왕 일본에 왔으니깐. 한국이었으면 오지 않았을 축제임에도 일본이니깐. 해외에서의 축제라는 그럴싸한 타이틀이 있었기에 축제가 열리는 아자부주반(일본의 주택가 이름)에 가게 되었다. 사장님께서 선물해주신 파란 유카타를 입고 길거리 음식과 지역 술들을 먹으면서 걸어 다녔다. 단순히 사람이 너무 많아 정신없다는 이유 하나로 꺼렸던 축제의 편견을 깨주기도 한 첫 축제였다. 처음에는 테이블 위에 있는 음식들과 물건들을 보며 '어떻게 하면 이렇게까지

정성으로 할 수가 있을까?'란 생각이 먼저 들었다. 그 다음 내 눈동자에 들어오게 된 건, 그것들을 대하는 사람들의 표정이었다. 표정을 보면 그 사람의 마음이 보인다고 한다. 그분들은 대충이란 표현은 듣지도 보지도 못한 그런 진실된 표정으로 온전히 그들만의 방식으로 축제를 너무나도 잘 즐기고 있었다. 그 많은 진실된 표정 속에 나 혼자만이 하얀 배경에 튄 얼룩 같은 표정으로 서 있었을 걸 생각하니 스스로가 한없이 부끄럽게 느껴졌다.

'나는 왜 있는 그대로 즐기지 못하는 걸까?'

　일본에 와서 참 깨닫고 가는 게 많다. 혼자가 아니었을 한국에 있었다면 절대 깨우치지 못했을 것들. 혼자 있어야만 했던 환경이었기에 혼자 생각하는 방법을 배웠고, 문제를 깨닫고 반성할 시간도 자연스럽게 주어지게 되었다. 문제가 생겼을 때 예전의 나는 어쩔 수 없이 해야 하는 숙제처럼 반성한다는 느낌이 강했다면, 일본에서의 나는 스스로 반성하고 다시는 되풀이하면 안 되는 것이란걸 누구보다도 내 자신이 제일 잘 알고 있었다. 그렇기 때문에 같은 실수 또한 여러 번 반복하지 않을 수 있었던 것 같다.

日本は祭りに本気な国です。

일본은 축제에 진심인 나라이다.

もう私も祭りに本気です。

이제는 나도 축제에 진심이다.

외국인 노동자의 서글픔

　여느 때와 같이 평범한 날이라고 생각했었다. 다만 일어났을 때 몸이 조금 뻐근하다는 느낌만 있었을 뿐. 서둘러 출근 준비를 하고 전철에 타서도 왠지 모를 멍한 기운만이 계속 남아있었다. 2020년 3월 10일. 일본에서도 코로나 관련 이슈가 서서히 시작될 때쯤이긴 하지만 그 당시 한국보다는 심각한 단계가 아니었기에 '곧 없어지겠지'라는 생각으로 마스크를 하지 않고 다니는 분들도 꽤 많았었다. 회사 도착 후, 덥지 않은 날씨임에도 몸이 점점 뜨거워지는 게 느껴졌다. 팀장님께 체온계 좀 사 오겠다고 전달 후, 회사 근처 드럭 스토어로 향했다. 체온계를 사자마자 근처 건물 입구 구석에서 바로 열을 재 보았다. 체온계는 37.8도를 가리키고 있었다. 평소 잘 아프지 않은 데다가 열이 난 적도 드물었기 때문에 머리가 더 멍해졌다.

　"팀장님, 저 지금 열이 37.8도가 나왔습니다. 어떻게 해야 할까요?"
　"진짜? 송이 씨 일단은 사장님께 보고하고 어떻게 할지 여쭤보는 게 좋을 것 같아."

　"사장님, 제가 오늘 출근길부터 몸 상태가 안 좋아서 방금 체온측정 해봤는데 37.8도가 나왔습니다."

"일단은 지금 바로 집에 가서 쉬도록 하자. 나도 구청에 전화해서 코로나 검사를 받을 수 있는지 알아보도록 할게."

당시 한국은 대구에서 코로나가 심각하게 터졌을 때였다. 최근에 대구를 방문한 적이 없으면 코로나 검사를 받을 수가 없다는 답변만 돌아왔다. 열이 내릴 때까지 집에서 안정을 취하되 되도록 밖에 나가지 말라고 주의 주는 정도였다. 로마에 가면 로마법을 따르라지만 자칫 잘못했다간 상황이 더 악화될 것 같았다. 기운이 조금이라도 더 남아있을 때 해결 방법을 찾아보는 수밖에 없었다. 이틀이 지나도 열이 도무지 내려갈 생각을 하지 않아 다시 구청에 연락을 해보았다.

"근육통도 처음보다 더 심해지고 약국에서 파는 약을 먹어도 열이 더이상 내려가지 않는데 병원에서 약만이라도 처방받을 순 없을까요?"
"안 됩니다. 집에서 대기해주세요."

몇 번의 되돌이표 끝에 깨달은 건 내가 할 수 있는 일이라곤 그저 이불속에 누워 아파하는 것밖엔 없었다. 어느새 회사 출근을 못 한 지 3일 정도 지났을 무렵, 사장님과 히로미상(사장님 아내)께서 우리 집 근처에 잠시 들리신다는 연락이 왔다. 우리 집은 사장님의 집과 정반대 방향으로 전철로만 1시간 넘게 걸리는 곳에 있었다. 설상가상 비까지 내리는 날, 사장님과 히로미상은 한식이 담긴 도시락과 감기에 좋다는 꿀, 사탕, 과일 등을 양손 가득 들고 와 주셨다. 메뉴 고민부터 재료 손질, 포장까지

하나하나 정성스레 하셨을 모습이 상상이 됐기에 나한테는 너무나도 과분한 정성이 담긴 도시락이었다. 히로미상은 먼저 먹어야 할 것과 어떤 음식이 어떤 효과가 있는지 엄마처럼 애정 담긴 설명을 해 주셨다. 사장님 부부가 돌아가신 후 한참을 바닥에 앉아 도시락통만 바라보고 있었던 것 같다.

'꼭 성공해서 일본 엄마, 아빠에게 받은 사랑과 비례하는 큰 그릇이 되자. 많은 걸 담아낼 수 있는 사람이 되면 받았던 사랑 전부 꼭 돌려줄 거야.'

다행히도 눈물 나게 맛있었던 도시락들 덕분에 5일째 되던 날에는 정상체온으로 돌아왔지만, 당시 도쿄 코로나 확진자가 심각하게 급증했기에 귀국할 때까지는 계속해서 재택근무를 이어가기로 하였다. 일본에서 코로나를 겪게 되면서 알게 된 두 가지 사실이 있다. 현실의 벽에 너무 크게 상처받지도 말고 기대하지도 말 것. 아플 때 곁에 있었던 사람의 기억은 생각보다 진하게 마음속에 머물러 있다는 것.

한국에서는 하늘을 볼일도, 그런 잠시의 여유조차 없었다. 학교 다닐 때는 학교, 과제, 아르바이트의 반복이었고 하늘을 볼 생각조차 못 했던 것 같다. 항상 핸드폰을 달고 다녔기에 고개가 아래로 향한 적은 대다수 였지만 내 시선이 위를 향해 본 적은 거의 없었다. 퇴근 후 집에 가는 길이었다. 여느 때와 같이 퇴근길에 보이는 도쿄 타워와 인사를 하고 지하철역으로 향하려던 순간, 도쿄 타워 뒤로 보이는 빨간 노을이 나의 발걸음을 자석으로 이끌기라도 하는 듯 노을 쪽으로 끌어당겼다. 정신 차려 보니, 마치 애니메이션의 한 장면이 내 눈앞에 펼쳐져 있었다. 다리 아픈 줄도 모르고 한참을 넋 놓고 바라봤던 풍경이었다. 어느 정도 시간이 지났는지도 몰랐다. 그저 진하고 깊은 노을이 없어질 때까지 그 자리에 서서 바라봤다. '나는 왜 한국에서는 하늘을 볼 줄 몰랐을까?' 갑자기 머릿속에 많은 생각이 들었다. 어쩌면 한국도 이토록 멋진 하늘과 노을이 있었지만 그걸 보지 못했을 정도로 나는 여유가 없었던 사람이었던 걸까? 단지 한국의 하늘을 보지 못한 것이 속상했던 게 아니었다. 10초도 안 걸리는 그런 잠시의 여유조차 즐기지 못했던 나였다. 휴대전화 속 화면이 세상 전부라고 알고 있을 내 눈에게 미안해졌다.

'난 행복하고 즐겁게 지낸다.'

'나 자신이 좋다.'

'후회 없는 선택을 하며 살아가고 있다.'

  이런 생각들을 수없이 하면 뭐하나. 잠시의 여유조차 즐기는 방법을 모르는데. 고장 난 생각을 가진, 모순덩어리의 삶을 살아가는 인간이었다. 그날 이후로 결심하게 되었다. 아무리 바쁜 일상을 지내게 되더라도 시선을 빼앗길 만한 하늘과 노을이 있다면 잠깐이라도 좋으니 즐기고 감상할 시간을 나에게도 주자. 그때의 빨간 노을이 아니더라도 좀 더 넓고 다양한 풍경들이 눈에 보이기 시작했고 하나 하나 카메라와 눈동자에 가득 담는 연습을 시작했다. 아무 생각 없이 하늘을 바라보고 예쁜 풍경이 있으면 미소 짓고 행복해할 줄 아는 좋은 습관이 생긴 것 같아 행복했지만 흑백이었던 그전의 내 인생이 후회되기도 했다. 한국에 계속 있었더라면 스마트폰에 정신 팔려서 어쩌면 놓쳤을, 아니 평생 놓쳤을지도 모를 그런 장면들을 혼자 다니고 생각하면서 비로소 알게 되었다. 이 글을 읽고 계실 분들께 묻고 싶다.

  하늘을 바라보신 적이 있으신가요?

  하늘을 바라본 지 얼마나 되셨나요?

  하늘을 바라보며 미소 지었던 적이 있으신가요?

  하늘을 바라보며 누군가를 떠올린 적이 있으신가요?

  하늘을 바라보며 속 시원하게 울어 보신 적이 있으신가요?

이제는 한국에 와서도 마음 따뜻해지는 그런 하늘을 발견할 때면 가족들과 친구들에게 찍어 보내거나 오늘 하늘은 꼭 봐야 한다고 이야기해 준다. 아무리 바쁜 그런 일상속에 살아가고 있더라도 모두가 느껴봤으면 한다. 한국에 돌아와서도 여전히 하늘을 보고 즐거워할 수 있도록 만들어준 그 날의 도쿄 하늘에게 정말로 감사합니다.

3장

Tokyo pictures

온전히 나의 시선에서 바라봤었던
도쿄 그대로의 모습들

Tokyo World Trade Center

Tokyo World Trade Center

JTB Shinagawa headquarters

JTB Shinagawa headquarters

JTB Shinagawa headquarters

JTB Shinagawa headquarters

JTB Shinagawa headquarters

JTB Shinagawa headquarters

JTB Shinagawa headquarters

Shibakoen Station

Shinjuku Bus Terminal

Tokyo Station

Tokyo World Trade Center

Tokyo Itabashi-gu

Tokyo Itabashi-gu

Shinagawa Prince Hotel in Tokyo

Shibakoen Station

Shibakoen Station

Zojoji Temple

Shibakoen Station

Shibakoen Station

Shimura Sanchome Station

Shibakoen Station

Shimura Sanchome Station

Shimura Sanchome Station

Shimura Sanchome Station

Shimura Sanchome Station

Shibakoen Station

Shibakoen Station

Shimura Sanchome Station

駅前南
me Sta.-S.

六典ビル

Tokyo Itabashi-gu

Tokyo Skytree

Saizeriya Shimura 2-Chome Branch

Ajabu Juban Shopping Street

Kamakura Kokomae Station

Tokyo Skytree

Tennozu Isle Shinagawa Pier Bridge

Lake Hakone Ashinoko

Kamakura Kokomae Station

Shimura Sanchome Station

Shimura Sanchome Station

Shinokubo Station

Tennozu Isle Station

Tennozu Isle Station

Hotel Gajoen Tokyo

Zojoji Temple

Ginza

Saizeriya Shimura 2-Chome Branch

Haneda Airport

Shimura Sanchome Station

G.Itoya

Haneda Airport

The Statue of Liberty in Odaiba

Hotel Gajoen Tokyo

Shibakoen Station

Saizeriya Shimura 2-Chome Branch

Saizeriya Shimura 2-Chome Branch

Shimura Sanchome Station

Haneda Airport

Shibakoen Station

Shibakoen Station

Cookie Time Cookie Bar Harajuku

Shimura Sanchome Station

Omotesando

Omotesando

Ooedo Onsen Monogatari

Shimura Sanchome Station

Shibakoen Station

Tsukiji Jogai Market

Shimura Sanchome Station

Shibakoen Station

Hotel Gajoen Tokyo

Shibakoen Station

Shibakoen Station

Honmura Bridge

Honmura Bridge

Yoyogi Park

Yoyogi Park

Yoyogi Park

Yoyogi Park

Yoyogi Park

Shimura Sanchome Station

Shimura Sanchome Station

Yoyogi Park

Shibakoen Station

Shibakoen Station

Haneda Airport

Shinagawa Prince Hotel in Tokyo

Shimura Sanchome Station

Tokyo Itabashi-gu

Shimura Sanchome Station

Shimura Sanchome Station

Tokyo Itabashi-gu

Kushiya Saburoku ,Motohasunuma Station

Tokyo Station

Kamakura Kokomae Station

Yokohama

Shinagawa

Shibakoen Station

代々木商店街
（西）

Yoyogi

Shimura Sanchome Station

Shimura Sanchome Station

Shimura Sanchome Station

Odaiba

Shibakoen Station

Epilogue

Deep lingering, Tokyo

1. 혼자 하는 걸 두려워했던 사람을 혼술, 혼밥의 달인으로 만들어준 일본

2. 외롭다고 느껴지는 시간을 온전히 나를 위해 사용하는 방법을 알려준 일본

3. 한국 LTE의 소중함과 한식의 중요성을 알려준 일본

4. 회, 와사비는 입에도 못 댔던 편식쟁이를 와사비 듬뿍 얹은 회 미치광이로 만들어준 일본

5. 서점에 가면 사진집을 제일 먼저 찾게 해준 일본

6. 붉은 노을에도 감흥 없던 나를 예쁜 하늘과 구름을 볼 때마다 활짝 미소 짓게 해줬던 일본

7. 서두르지 않는 법과 마음의 여유로움을 가르쳐준 일본

8. 문전박대 당해도 끝까지 웃으면서 명함 받아주는 곳을 찾는 끈기심을 길러준 일본

9. 술이라곤 소주, 맥주밖에 몰랐던 나에게 사케와 하이볼의 세계를 알려준 일본

10. 슬픈 일이 있어도 감정이 없던 나에게 혼자 사색에 젖어 마음껏 울 기회를 준 일본

11. 카드 지갑이 아닌 동전 지갑을 사랑하게 해줬던 일본

12. 나를 예의 바르고 침착한 사람으로 만들어줬던 일본

13. 처음 보는 낯선 사람들에게도 정겹게 말할 수 있는 능력을 길러 준 일본

14. 한국인이란 자체만으로 환하게 웃어주고 친절히 대해줬던 일본사 람들과 만날 기회를 준 일본

15. 숨쉬기 운동 전문가에게 혼자 하는 산책을 즐기게 해준 일본

16. 한국인에게 사기당해도 울지 않고 더 강해지는 방법을 알려준 일본

17. 일본만의 아날로그 감성에 적응하는 방법을 알려준 일본

18. 거리의 쓰레기를 스스로 줍고 싶다는 생각을 심어준 일본

19. 사소한 것에도 감사할 줄 아는 행복한 감정을 느끼게 해준 일본

20. 어쩌면 내 인생에서 가장 큰 도전을 하게 해준 일본

그런 일본에서 살아 볼 수 있어 다행입니다.

진한 여운, 도쿄

초판1쇄 2022년 4월 5일
지 은 이 이송이
펴 낸 곳 하모니북

출판등록 2018년 5월 2일 제 2018-0000-68호
이 메 일 harmony.book1@gmail.com
전화번호 02-2671-5663
팩   스 02-2671-5662

ISBN 979-11-6747-040-9 03910
ⓒ 이송이, 2022, Printed in Korea

값 17,600원

이 도서의 국립중앙도서관 출판예정도서목록(CIP)은 서지정보유통지원시스템 홈페이지(http://seoji.
nl.go.kr)와 국가자료공동목록시스템(http://www.nl.go.kr/kolisnet)에서 이용하실 수 있습니다.

색깔 있는 책을 만드는 하모니북에서 늘 함께 할 작가님을 기다립니다.
출간 문의 harmony.book1@gmail.com